熾火《おきび》をむなうちにしずめ

斎藤恵子

思潮社

熾火をむなうちにしずめ

斎藤恵子

思潮社

目次

装画＝樋口達也
装幀＝小川恵子（瀬戸内デザイン）

熾火をむなうちにしずめ

見知らぬ町

きのう見知らぬ町を歩いた
ビルの北壁に馬の大腿骨
放熱している

兵隊さんの脚のような
強靭な筋力を見せ
うつくしく古び
わたしの路をよじり逸らせる

いななきに似た風が逆巻く
小学校の校舎の向こうから
錆びた階段を昇る蹄の音がする

葉桜

葉桜のもと　クレゾールが
挽いた肉のにおいを消している
お城にのぼり浮世絵を見る

いまやう美人娘あはせの錦絵
長いたもとを振り
すそをひきずっている瓜ざねがおの娘たち
紅いけだしをのぞかせて
ひひひひ笑う

その隣は夜鷹の大判錦絵
濡羽色の着物の女は小雪のなかにいる
髪に被せたうすい小布の端を口に咥える
まるめた筵いち枚こわきに抱え
素足の足ゆびを縮ませ
柳の下に立つ

飢饉で口減らしに見世物小屋からきた
大童山が土俵入りをする
眉がこどものままだ
蓬髪にした山姥がもち肌を見せ
金太郎に豊満な乳房を咥えさせる
あうむ小町は格子戸の外を見る

夜の春が
黒紅の鳥になって
長屋門のあたりにいる夕暮れ
葉桜が
背を裂こうと発熱させるので
池の泥は鉄味を深くする

野茨《のばら》

純白の五弁の花びらの枝を持つひとは
歌のようなものをうたいながら
亡くなったひとの名を書いた
板切れと一緒にひと枝を川へ流す

歌は川のうえにそっと差しだされ
さざ波のひかりに掬われ
ひかりながら川底へといく
あたたかな川のまるい石に

文字のような翳になり
未明に引き離される

ひらく花をさびしみながら
棘をそのままに
どこまでも川はせせらいでいく
からだを折ったままのひとたちも
川のなかでひかりのように透っている
わたしのなかにもひとの名があって
ゆび先をつめたくし
濡れたきれいな石をむなうちに落としこむ

川を見つめるようにわたしは
買ったばかりのにぶくひかる針に糸を通し
手くびを曲げ両の手の親ゆびを向きあわせ

逸れないようにまっすぐに運針をする

燃えさかる川は
葬列のようにしずかに
わたしのほうへと流れてくる
ほとりの野茨はむせるほど咲きこぼれ
爆撃音にゆれている

逮夜《たいや》

ひかりが匂うと
百舌鳥が高鳴きする
地下の水脈がとふとふ音をたて
暮れていく
町に
わらい声の跡が青みを暗くする

角を曲がるたび
鉄路のそばの草が高くなる

わん
風が吹き過ぎる
踏切を渡り
細道から見あげる
透きとおる海老の月

家家の向こうに
広場がある
ひとがあふれ
無音で踊っている
褪せた赤いスカートが翻った

貌のような窓が連なり
思いだそうとする
だれもいない

蠟梅

お屋敷の庭先でうつむいて
にぶい淡黄の花を咲かせている

寒さのなか薫り高い
わたしは近くに寄り匂いを嗅いだ
雪ひらのような
透きとおるひかりのなか
死を超えて
やわらかな陰りになっている

ひとびとが
門口から
ぬかった路のほうへと
流れている

風をじゃらす

鉄条網に囲まれた空地に
枯れたゑのころぐさの群れが
刷子《ぶらし》の穂をゆらし
よわい冬の陽をあび
ふくらんでいく

生きものはかんたんに
死んでしまう
　いのちを捨てるか

そういった男の声が
風をじゃらす

寒さに抗ったものたちの
うしろすがたが
ほそい茎のまま
砂色の葉身になっている
ちからをこめて抜けば
地から剝がれる
鳥の足ゆびの根が白い

家家はあたたかい血を流しながら
かしいで道なりにのびていく

ふるふる

生きものめいて息を吐く
ありふれた草の群れ
日を砕いた
いわぬいろを飛ばし
わたしの前にひろがる

＊いわぬいろ　不言色。赤みがかった黄色。梔子で染めた色。

尋常小学校の上を

尋常小学校の上を
鳥のかたちの雲
山あいの空に
ふくらんだ袖のわたし

クアーン　クアーン
かん高くてすこし愛らしい
玄関の古い金色の鐘を
わたしは友だちと鳴らす

四年生の教室の
黒いゆかに流星群のあと
ふくらはぎの高さの教壇
ちいさなからだが
校庭の遊動円木で
光のエネルギーになっている

こどもは鐘を鳴らしてはいけない
ささいなことで死んでいく
校長室の黒い扉の金庫には
御真影が仕舞われていた
かたすみの花瓶に
ツツジが温かな血の色をしている

なめし革の色の講堂
日露戦争は終わった
兵隊さんごっこの声が
クスノキになって光る
ひそやかな葉擦れ

はたはたと風が鳴る
　さきのことは考えないのよ
わたしたちは頷きあう

生れてはちぎれていく
ことばのように
気配はきれぎれの横じまになり
校庭を
尾を垂れた黒犬がのろのろ歩いていく

うさぎ島

しんだはなびらの
ちいささでさざ波が岸によせる

あやとりの
ひとつのひもで
いろいろな翳もよう

うさぎがいるね
だれも声がだせないんだね

貯蔵庫跡
（いまはテニスコートうらです
発電所跡
（風化に任せています
研究所跡
（立ち入り禁止です
わたしは暗記をします

つぶらな瞳の少女たち
わたしかもしれない
イベリット
ルイサルト
舟まではこぶ

毒をはこんでいることをしらない
いっしんに
ちいさな手をはなさないで
せかいに撒かれるものを
たいせつにして

みしることのないひとたちの
あえいだ息が
海ぞこにかさなり
地図にない島から
あし踏みのおとをたて
舟は涯へいく

宙づりの凪から
中断の声声が

しろく透りながら
ふりそそぎ

ぼう立ちのわたしの
なみだ開きのひふに
夏の光が突き刺す

*うさぎ島　瀬戸内海の大久野島の別名

六月に壊れていく島があるから

六月に壊れていく島があるから
豪雨のしぶきに紫陽花は増殖し
どこかに肥るものがいる

暗い部屋で老いたひとは
花陰にいるひとの名を呼ぶ
海色になる遺族の家の標札
ひとのことを柱と呼んだから
電信柱の先が鋭利に尖る

朝顔のつるが屋根に駆けあがり
ベランダに百足が這う
サーカスで芸が覚えられなかったライオンが
動物園の檻で絶食中の眼をほそめ
駅の掲示の手配写真が濃くなる

梅雨の晴れ間
燃え上がった川岸に茂りはじめる初夏の草
雨の季節に生まれたものは魚の匂いがする

　息をしていますか
　息をとめてはいけません
道べりから声がする
追い抜く雲は供花のかたち

ヒメジョオンの
茎を抱かない葉が戦いでいる
鉄路のほとりで背を伸ばし見送った
ため息が野道を覆い

きのうの雨が降りはじめ
こどもたちは挽肉料理を食べ
おとなはペットボトルの水を飲む

紫の宵

皇帝ダリアが
薄闇に紫の色をとかしこむ
銅色の月を肩にとまらせ
山深く
軍馬がいないないている

口のない雪虫が
なめらかな蠟のひかりをはこぶ

男は
いといといと
紙を折る
ゆうべは公園の
松の木に巻きつけておいた

松かさ病や
綿かむりになった目高が
根元に埋められている

夜
ひかりの魚が光線になって
ゆるい弧を描き
戦跡のあたりにむかう

戦《そよ》ぐ

節ごとにのびる
うすく尖る葉
葉脈にガラス体
空を指し直立する

月のうつくしいころには
月色に染まる
風が吹けば
葉耳は白いフリルを厚くし

葉舌は粘膜のように葉鞘に巻きつく

針の葉先は女の眼を突き赤く傷める
女は貝殻に入れた軟膏の目薬をぬる
薬売りが
黒い大きなトランクを提げてきた日
女は簞笥の抽斗の奥をたしかめた
嫁入りのときのお金
　大丈夫です
治ります
薬売りは郷里を思い出しながら唇をふるわせた

眼を突くものが
暮れなずむ空の下に広がり
剣になって戦ぐ

夕刻わたしが
野道ですれちがったのは
若い女
　こどもを残して死ねません
こどものかおをひそかに見ようとしているから
葉はいっそう明るい色になる

女たちはみな眼を突かれ
厨で火を仕舞いながら
熾火の呼吸をむなうちにしずめる
夜半
静かに止んでいく風を聴く

鉄道草

黄昏だった
火の色に染まった数千のうす刃の葉が空を裂き
風になびくたびわたしのほほを切る
急ぎ足になる

同じところに居つづけるものは速度がわからなくなる
切られたところはぬるりとあたたかい
傷むことにわたしは安堵する

サギが用水の濁った水に鉄箸の脚を入れわたしを見た
矢張りきれいな水が好きなのです
このまま歩いていても海には着かない

遮断機の前で衝動を抑える
鉄道草が群生する

微暑

ひかりが皺ばみ
　ふ
　ふ
子音が生まれみどりに染まる
生まれようとするものは
たいらな翼をもち
螺旋をえがきながら
ひろびろと熱くなる

死んだ小鳥のさえずりに似た
街のざわめきを聴く三裂の葉
からまるまぶしさが風を燃やし
走り書きされた文字が
空に舞い飛ばされ
ビル翳が斜めに差すと
ひらひらふるえながらほどけていく

ふきはらわれた空から
わたしの背にやわらかいすず色の大鳥
羽毛がそそけだち重みがないけれど
あたたかな息をしている
まだ生きているのだ
わたしは手を後ろにまわし
負おうと思ったが

路面にひかる電車がくると
いってしまった

呼び止める声はいつも
もどかしい
あっ
あっあっ
わたしを通過するはるかなひかり
みどりの翼がわたしを抱いている

どくだみ

陽の差さない道でときどき遇う
たがいに肩のあたりを見てかるく頷く

ある日　川のほとりの
古い公会堂の陰にいるのを見た
淡黄の山高帽の下　白い貌をしている
と思ったら
　あっ

貌ではない
つるりとして眼も口もない
平らな楕円形の薄い白の面だ
外して右手に持っていた
それは

暗緑色の長めの髪が風にそよぎ
半眼の眼は遠くを見
口は怒りをふくみ引き結んでいる

清冽な臭気
貌を脱ぎ棄てじぶんを抉っている
わたしはそばに寄る
じぶんの貌を否定してはならない

廃れた草のところにはびこるのだ
追憶の傷みは喉までにしておかなければ

夏空がしわしわと雲を寄せている
わたしたちは芯を堅くし
苦痛そのもののように
もがく
音もなく暗い葉を交差させ
白さを雪ぐ

渋川海岸

たい　ひらめ　あじ
あなご　うつぼ　たこ
かれい　えい　いかなご
渋川海洋博物館の水槽からわたしを見る

たいは黒い目をきろりと剥き
やわらかく厚ぼったい唇をあけ
ことばのように砂色のひかりを吐く
おさないいかなごは砂にもぐって

おくびょうそうにあたまだけのぞける
あなごも円筒陶器にひそみあたりをうかがう

昭和三十年五月
この瀬戸内海で船が衝突し沈んだ
死んだひと一六八人
うち修学旅行のこども一〇〇人
海の近くのひとは
　いえれん
　あんまりひどうて
くびをふった
魚は沈んだことばをのみこんだ
灯台模型が真白く青空にそびえ
陳列館のガラスケースに美しい船体模型

ちいさな四角の窓が白い抜け殻のようだ

そばに皇帝ペンギンの剝製
豆つぶの目が無表情にひらかれ
こどもが
　こわい
　死んでいるのに見ている
後ずさりしている

渋川海岸にしずかに波がよせ
ひかりの青い目はまにまにただよう
のみこんだこの名をかさねながら
ことばが足ゆびから濡らしていく

鞆《とも》

妊婦の横たわるかたちの仙酔島
となりのちいさな島は皇后島

淡いうす水色の水平線は
しずかなうねりに　ひかりをこぼし
雨縞もようの絹布をひろげる
寄せる波はことばをもたないから
生まれたあとの哀しみを吐くように
かぎざきにあとを濃くする

ひるねから醒めたわたしは
タオルケットをにぎりしめ
なみだをこぼさず声をあげ泣いた
　どうして泣くのだろうね
母は呟きながら繕いものをつづけた
わたしはこぶしで眼をおさえ
涎掛けをゆらしいっそうはげしく喚いた

二十年ほど前
父と母を連れ鞆の観光鯛網船に乗った
先導の手舟というちいさな舟には
赤えりの白い小袖に緋ばかまの若い巫女
白い扇を掲げたまま
波に弄ばれ消えたり浮かんだり

遠く点になっていく

　こわい　こわい
母はつぶやき
父は身を乗りだした
　おお　あぶない
両親を喪い嫁いだ母
戦後復員した父
声は海にしずまっていく

ホテルのテラスから海を見る
空の向こうで笛がかすかに鳴っている
波のまにまにさざめくものがある

水底にいるものたち

海を畏れながら
ぬれてわたしのなかに棲むひとたち
息をぬるませ
わたしのゆびを長くする

蛇や

通りに面した間口の狭い仄暗い店
生成り暖簾が翻る路地奥の商いが
土地開発で繁華な街角に押し出された
通るたびわたしは三和土のあたりをのぞいた

奥にちいさな電灯が点る
店先には水槽のようなガラスケースがあるきり
銭形模様の絹の紐のような生きものがひかる
怖ろしくて目を背け　通りすぎるけれど

わたしを見ていることはわかる
自棄の生きものは顕示する

隣家とのすきまは
ゆびがようやく入るくらいの狭さ
ほそい息のような風音
うるんだ夜が折重なっている

こどもを連れて通ったことがあった
　ぬれた色をしてねているよ
奥からおばあさんのような手が
おいでおいでをした

蛇やは朝から店を開けていたが
客らしいひとを見たことはない

ガラスケースのなかの生きものは
薄墨を曳いてたまにのろりと動く

ある日　店先を
おばあさんが箒を立てて掃いていた
さつさつさつ
かすかにぬるく湿るにおい
ガラスケースに生きものはいない
風のくぼみによじるものがある
じゅうぶんにわたしを苦しめている

磨屋町《とぎやちょう》

岡山駅を降り
柳川交差点ちかくの磨屋町を歩く
高いユリノキの街路樹は
はつ夏にはうす黄のちいさな花を咲かせた
わたしは生保ビルの一室で働いていた
夕暮れムクドリの黒い群れが空をおおった

ビル街のこのあたりは
むかし歓楽街だった

看板だけがのこされた料理屋
路地のほそ道の奥には
ちいさなあかい鳥居
小箱ほどの黒ずむ祠
手を合わせた影がのこる

大正三年　柳川筋に京都南座を模した
お城のような岡山劇場がつくられ
松井須磨子が来演した
五年ののち
須磨子は大正八年に自死した
抱月の後を追ったといわれた

死んではいけない
なつかしい日日を回想してはいけない

死なないように甘いものを口にしなければ

喫茶店で夫を亡くしたひとに会う
　早く死んでかわいそう
わたしたちは黙ってリンゴジュースをのんだ
わたしはそのひとのくびもとのネックレスを
そのひとはわたしのメノウのゆびわをほめた

ひとびとがゆきすぎる
舗道にくびをもがれたハトが
羽根だけになってあった
突としてタカに空襲されたのだ
ちぎられた声が
空の高いところで哭いている

ばらばらの黒鍵になって

けものへんの文字は似あわないのに
やさしいから罪をおかしてしまう

淡い雲の灰色のところが
ひえた腹なのか
夏草のなかから虫の音が聴こえる

ねむって目覚めたら
ゆめであったらいいのにと思う

ひくい地平で鳥が
きちきち
ただ生きてくださいと
鳴いていた

食器をあらう
水のかたちになって届いてほしい
ほほの上にひとすじ赤い傷を見つけた
化粧して隠す

砂時計の微かな音
悔やんでいるひとの声が
ばらばらの黒鍵になってちぎれていく
いち枚の青空

暗い冷蔵庫の水をのむ
骨のあいだを抜けていく
わたしはつめたさだけになっている

暗い踊り場で

コンクリート壁の鉄のドアを開けると
うす暗い裏階段の踊り場
下りてくるふたりの男を見て佇んだ

幼さの残るまるがおのひとはタンクトップを着ていた
剝き出しの浅黒いはだに
ながい生きものが巻きついている
くすんだ青の刺青
ワイシャツ姿の眼のけわしいひとがそばにいる

暗い踊り場ですれちがった
　ケイキ
ちいさな声がこぼれた

わたしを見ないで
からだを斜めにしてやりすごしていってしまった
ふいにわたしにもケイキがあったのかもしれないと思う
わたしの代わりに受けるひと――

ニードルでかりかり音をたてて描かれた階段の底に
囲いのある石造りの広場があって
小窓からすりガラスめいた空が見える
ひとり
またひとり

背広を着た人形の男がふってくる
しずかに舗道のうえにふり
くるりと巻いた枯葉になっていく

ちいさな駅のホームで
レールの震えをいつまでも見つめていたようにわたしは
手摺りの鉄のつめたさをからだになじませている

月見草

夕陽のなかをかぼちゃ色をした電車が走り
四角い歯でかじられたあかい口が空に浮く

弓形の背の骨が明るみながらのびる
かならず待っているから
空耳がして
レールがやわらかくなる
ひらたい石があたたかい

ほとりの背高の草は
ながい弦の音をゆるやかに奏で
わたしのなかゆびの先をのばしてしまう

なんども同じ道をいくから
踏切のそばで月見草になる

鉄橋の下
鈍色の水面がゆらいでいる
ぬるんだ月が生まれている

弦月

堤で摘み草をしていると
　んく　んく　んく
自転車を立ち漕ぎしながら近づき
死にたがるひとの前髪を
うす緑に染めた
陽射しの明るい日

ひかりのこたちが
わたしのむねのうえでも遊びはじめ

からだがミルク色にほどけていく
宙返りする燕は全力で崖に向かう
逆さまの歓びに弦月が透ける

母は鯨の骨のヘラに力をこめ
布に線をひくように押していく
細いへこみが印になりひたいが汗ばむ
温い日だった
はげしくにくむものがあった

はなざかりのころだった
島と島の呼びあう声がさざ波になっている
わたしは息を殺していた

堤で死んだはずの少女が
プリーツスカートをひるがえして
シロツメクサのうえをあるき
そばに立つ
わたしたちはほほえみあった

鳥装

鳥装のひとがたを見ました
翼がむねの前で交叉され
羽根に擁かれるような恰好になっているのです
蓑にくるまれ　ふるえているひとのようにも見えます
鳥人になって飛んでいたのかもしれません
木彫のようでしたが
黒ずんで箱のなかに収められているすがたは
ミイラを思わせました
目をとじ口もとはよこにむすばれ

困ったような淡いまゆをしていました

ときどきわたしのまえに大鳥があらわれます
重い病のひとを見舞っていたときのことでした
ふと見た病室の窓辺に
窓が隠れるほど大きな翼をひらく鳥
ちいさな丸い目でわたしを凝っと見て
瞳に病室を映し出しています
二三度はばたいて飛び去りました
かんかんと真っ赤な夕陽が照り
飛翔するすがたが黒釘になっていきました
病んだひとはしずかな寝息をたてました

青樹の石畳の道を歩いているときでした
わたしは別れの予感におののき俯いていました

突然舞い降りた大鳥は
いぶし銀の細脚をかくりかくり折りながら
わたしの足もとに伏し
つつっーと車道に躍り出ました
　あぶない
思わず叫びましたが
白い細かなプリーツをふわりと宙に浮かべ
わたしへと長いくびをのばし
　ギオー
ひと声あげ樹木の葉むらに消えました
先を案じてもどうしようもないのです

わたしのうしろに気配を感じたことがあります
鳥装のひとが色とりどりのスカーフの羽根をなびかせている――
わたしはゆるやかに歩ける気がしました

海辺のコンクリートの突堤に座り
夕焼けを見ていたときは
となりにいたような気がします

今朝
濁った用水に鳥は脚を入れていました
わたしに気づかないようでした
戻ることのできないことを考えているのでした

風のつよい日

ひかりから離れ
よわい翳に
くびを差し入れる
淡いわたしになる

死はみどりに近く
寄り集まると
あおむいて空をさす
水には葉うら色のあしあと

近しいものほど
わかりあえないと
葉っぱの中の
ちいさな声は
果てなくつづく

みどりの病衣のひとから声がこぼれる
　これからどうすればいいのでしょう
静寂がまぶしくて
　風のつよい日ですよ
窓の外の屋根に眼をやりつぶやく

かなしみが降りこまないように
太陽はまぶたをとじ

ひるの蛍光灯は
灯されたままだ

屍人《しびと》はいません

玄関ドアのそばの電柱に大きなカラス
五、六羽それぞれ足場ボルトにとまり
翼をたたみわたしを視ている
矢庭にバッサバッサ羽根をひろげ
黒い嘴から威嚇の声を放つ
　カオー
屍人をさがしているのだ

わたしはくびをふった

いません
カラスはねめつける眼ざしで
わたしを視つめ　なおも
ガオ　ガオ
わめき
いっせいに勢いをつけ電柱をゆらし跳ねた

今朝　病んで眠っていたひとは
ちいさな息をしていた
ああ　生きている
わたしは安堵のため息をついた
窓を見ると
ベランダにカラスがいる
死ぬかもしれないと思ったことが
伝わったのかもしれない

追い払わなければ――
わたしは母の褪せた喪服をはおった
両腕をひろげ
袖を翼のようにばたつかせ
巨大カラスに見せかけるのだ

電柱の下でわたしは背伸びをして
黒い袂をじょうげに振りゆすった
わっさ　わっさ
風切羽の大きな音をさせる
　屍人はいません

電柱のいちばん高い腕金にいたカラスから
つぎつぎ黒い休符になって

曇り空へ消えていった

持《じ》衰《さい》

山の近くの道を歩く
煤色のセメント瓦の小家があった
痩せたお爺さんが庭の盆栽に如雨露で水遣りをしている
鉢の上からたっぷりと水を与えている
梅の古木のようだ
わたしが見ているのに気づいた
　ええ薫りじゃろう
長寿梅といって四季咲くんじゃ
年を経ると幹が荒々しく割れていくものじゃ

見ると幹はえぐられたように割れている
　これが見どころじゃ
　皮いち枚で生きるものよ
　　ふふふふふふ

颯と山から緑の波がおし寄せる
持衰とよばれたひとを思い出した
大海原をゆく舟の舳先に立ったひと
垢にまみれた白の衣をつけ
のびた髪を梳かず肉を食べず
喪中のように過ごしたひと
舟が無事着けば財宝が与えられ
難破しそうになれば
生贄として海に投げ入れられたひと
嵐のとき

ぬれそぼった袖をひろげ波を受け大声で叫んだ
　生きたいんじゃ

生きて帰ったものは村はずれに居を構え
女房こどもと田を耕ししずかに暮らした
庭に桃を植えた
夏には口の周りがかゆくなるまで食べた
梅も植えた
内部に腐れをおこしても毎年花実をつける
切り戻しをした新しい枝先に花をつける

空は晴れている
山なみの向こうの海は凪いで
遠く白波が見えるだろう
地表にはやわらかな草がそよぐ

生きなければならない
瀕死のひとの貌が緑葉になりそよぐ
舳先のひとの影が
きれいな樹になって列をなしている

みどりの点点

真っ暗な夜中に
ひとりで目を醒ましていると
静けさがほそい草になって
しいんしいんとそよいでくる

こどものころ草むらにいると
怖くなったこともあったけれど
今　ああ生きていると
ほそながい息を吐く

いろいろな草がひかりを受けて
きらめきながら
侵入して占拠したり
毒でわたしを刺したり
ちいさな花を咲かせたり
じめんの下
意識をもつれさせ
どこかでつながり
水溶性の養分をわけあい
ぬるぬる死んでいって
また芽をだす

雨がふって季節がかわる
雨にぬれて街角で迷っていたとき

そのままわたしは
雨に溶けるしかなかったのだ
肩パットのある
コートの襟をたてたまま
微かな風にゆられ
ぬれそぼって
朝　わたしは地表の
ちいさなみどりの点点

斎藤恵子（さいとう・けいこ）

詩集
『樹間』（二〇〇四年、思潮社）
『夕区』（二〇〇六年、思潮社）
『無月となのはな』（二〇〇八年、思潮社）　第19回日本詩人クラブ新人賞、第50回晩翠賞
『海と夜祭』（二〇一一年、思潮社）
『夜を叩く人』（二〇一五年、思潮社）

所属
「火片」「どぅるかまら」同人
日本文藝家協会、日本現代詩人会、日本詩人クラブ、中四国詩人会、岡山県詩人協会

現住所
〒七〇一―〇二一一　岡山市南区東畦六八〇―三〇

熾火《おきび》をむなうちにしずめ

著者
斎藤《さいとう》恵《けい》子《こ》

発行者
小田久郎

発行所
株式会社思潮社
〒一六二―〇八四二　東京都新宿区市谷砂土原町三―十五
電話〇三（三二六七）八一五三（営業）・八一四一（編集）
ＦＡＸ〇三（三二六七）八一四二

印刷・製本所
三報社印刷株式会社

発行日
二〇二〇年四月三十日